さねさし曇天

一ノ関忠人
歌集

砂子屋書房

*目次

装本・倉本　修

歌集　さねさし曇天

いのちの樹

たちまちに瑞枝《みづえ》みどりに繁り合ふあけぼの杉のあかるき葉むら

マンションのめぐりは初夏の花ざかりさつき、つつじに槐の花咲く

昨日には一つ、二つの白き花垂れたるゐんじゆけふは咲き満つ

発病より十年なんとか生き延びて春のみどりに息ながく吐く

みんなみの風ふけば、風に吹かれたる役目を終へたる楠のふるき葉

佐保神のやさしく笑まふ若き葉の楠のみどりのにほふばかりに

モクレンの花落したる芯のところ小さなペニスのかたちに勃る

20℃をいくらか超せばたちどころにコバへうるさい五月蠅い小蠅

朝の樹にひよどりの声するどくて妻とおどろく暫時《しばし》こゑなく

わがからだを壊すいたづら細胞よそろそろわるさは辞めにしないか

「この頃はどんなもんだい」髪にあたり鏡にうつる美容師に問ふ

毛髪のすこし増えたると美容師がいふ放射線治療に乏しき毛髪

なにものかが寝てゐるわたしを殺めむと手ぬぐひが首にかかる夢なり

蛇口よりぽとりぽたりこの家も二十五年どこかゆるみはじめつ

いにしへの王のごとくに段丘の高きところに街をみおろす

ゆつくりとなめるやうに茶を喫しゆく妻のはなしのどこまでつづく

うたぐちの湿りぐあひに雨ちかききざしを感ず笛吹く男は

わが腕より採血針に抜かれたる血液のにごりはこころの濁りか

映像に熊本城の崩壊のすがた映るひときは濃きみどりのなかに

地の力、地の強力《がうりき》に祈るのみいくたびも家を人をゆすれる

いにしへの国見もかくや空の青映るみづ田の田植ゑ見てゐる

あなや、あなや

さねさし曇天
この川の右岸、左岸に住み暮らし五十年　相模川この川を愛す

冬川の細き流れに鷺立てり来迎ならむ鴨どちも寄る

中洲には棲み分けがあるされど鴨つどふあたりに鷺来て佇てり

相模川／中津川／小鮎川
三川《さんせん》の合流域には恐龍の肋骨《あばら》のごとし乾く流木

一日の曇天晴れて夕あかね　紅《くれなゐ》、禁色《きんじき》あやしく暮れむ

西空に朝焼け色の雲うかぶ一月九日『牡丹《ぼたん》の木《ぼく》』読む

枝の葉、茎に赤きを交じへ冬の楠とぼしき日差しにいのち蓄ふ

妻のねむり豪胆にして愛らしきいびきいくたびか寝返るときも

凋落は身にも心にも来到《きた》るべし木ノ葉《このは》揺落親しきものを

水流のひびきに寒き睦月五日白ひげ乾くを指にとばしつ

人間解体　熱海深層

伊豆の海、空に舞ひあがる鷗どり滑空するとき脚たたみをり

空中に羽根と脚ひらき減速するかもめは波に着水したり

和菓子屋は餡炊く匂ひただよひて温泉街の朝の湯けむり

すずめ鯛の群れて泳ぐが船底のガラス窓に映る一尾遅れて

海岸に花びら餅を喰ひたるに鳶背後より襲ひ来たれり

噴泉の湧き出《づ》る岩の傾きにかるく触れにし指さき温む

金魚鉢のむかふに覗く人の眼が店をうかがふわたしをみてゐる

煮魚定食

この店はこの金魚煮るか太りごろ食べごろのこの赤いさかなを

声のみに調理する人みえざれば人間解体するかこの音

人間のからだの脆さ人間のこころの弱さ病みたれば知る

睦月六日熱海の海へくだりゆくこの急坂のなんとかならぬか

臥病《やまひ》より立ち直り来しからだなり露天湯にしづむ湯の街の音

細胞の死に変り生き変る人のからだこの湯に溶けてもいまだわれなるか

夢境

この此処《ここ》の磐《いは》はししくしろ黄泉《よみ》の国のざくろ口なり蘚苔《こけ》岩動く

こごしき磐が根発《おこ》し出づるべし四人服に磯部浅一

天皇の退位ことほぐ声々にかき消されたる慨《うれた》みのこゑ

雪降る日、雪ふらぬ日のこもごもに来到る北国の春はいまだし

吉本隆明がむすめを語る表情を伝へし梅原猛も死にき

あやしくおものちしるにすがりつく水くくり出づる水虎の笑ひ

折口信夫の研究室の扉《と》を閉ざす水虎二神の瞳がひかりだす

土瀝青《アスファルト》の罅割れに小さき草の色さがみの国に春来るらしも

廻廊の天井燈火《ライト》に照らされてわが影ゆらげばわれも揺らぐ

郊外の古き駅舎を尋《と》めゆくに道をうしなふ夢に苦しむ

花街を暗しくらしと声にして矢野玄道来る提燈《ちやうちん》明かり

ねむり浅き老いの夢にも時にみる淫夢またよしはかなきものよ

石上布留《いそのかみふる》の鈴が音《ね》鈴ふれば魂《たま》しづまるか妻が振る鈴

義仲寺

竹の杖に保田與重郎の歩みありささなみ大津をはせをの墓へ

落柿舎

こんな墓がいいなとつぶやく父がゐた去来と刻む石の前に

香月泰男の黒きシベリア死者の目の万のまなざし埋まる凍土《いてつち》

気がつけば鳥辺野のほとりにたつたひとり夕暮れてゆくあなや、あなや

髭の内の白髭数本を抜きとりて時代遅れの空に吹きとばす

若紫

『源氏物語』

すずめごを犬君が逃がすと「若紫」よみゆく声は朝の教室

教室に少女がよめる「若菜下」のやや尖りある声に苦笑す

宇治十帖

靭帯を損なふむすめが病室によみゆくは「光」隠れにし後

ひとりにはあらずと心和ぐ夕べ川の字に寝る家族三人《みたり》に

少しでも命ながらへたし

懸命に蟻がはこべる破れ蛾の無惨みてをり生きたかりしよ

酒だけは切らすことなき習慣もとうにうしなふ癌七年生

わづかなる段差につまづくわが歩み病ひか老いかただ口惜しき

いそのかみふるのやしろに求めたる鈴鳴らしをりうつろに響く

ジュラ紀

ゐごの木に花咲き垂るる何ひとつふしぎはなけれど生きてゐるなり

ベランダにみどりの甲のこがね虫くつがへりしが脚うごめかす

八月は黙禱の日がつづく

一分の祈りの時のしづまりに偽善も恂《まこと》も混沌として

銀髪の頭《かうべ》をふかく下げてゐる平成天皇さびしきすがたに

暑き日も天皇の後にしたがひて皇后《きさい》はつねに微笑をたたふ

暮れ空に日の色あかくとどめたる一片の雲今はうごかず

木の幹を飛びたつ蟬のまき散らすきらきらひかるいのちの水を

中生代ジュラ紀に住まふ恐龍もこの夕焼けになごみをりしか

拈華微笑

くすのきの枝髻華《うず》に挿し年暮るるこよひは南方熊楠《みなかたくまくす》と呑む

夜どほし妙な音を聴く。

槌音は木喰上人がほとけ彫る音かもしれぬ拈華微笑《ねんげみせう》す

胡桃割るに音に違ひあり人の風《ふう》わかると云ふかわが音やいかに

朝床に汝《な》がたましひの色を問ふ含羞《はにかみ》ありて瑠璃色と応ふ

雪ふれば南天のあかき実にもふるいやしけ吉事《よごと》よき年であれ

南都春寒

古への絹街道《シルクロード》もかくやあらむ寧楽は異国の言語《ことば》に賑はふ

足もとにつむじ風起る寒き夕べ春日大社の回廊渡る

春日若宮へむかふ参道あしびの花のむらがりに心寄りゆく

空晴れしがたちまち雨のこぼれくる奈良町あたり軒にとびこむ

花こぼす枝垂《しだ》れざくらのあかるさに元興寺の低き白壁の色

春風に柳の枝をひるがへす古きみやこはうすみどり色

夜の更けをほのかに酔うて居酒屋を出づればここも異国語の街

築地塀《ついぢべい》の崩れ労甚《らうた》し路地まがり新薬師寺の修二会《しゆにゑ》に参らむ

生駒山頂の鉄塔の影くきやかに夕日暮れゆくまほろば南京

仄暗き堂内に八人の僧のこゑ和してひびかふ燈火をゆらし

頞儞羅《あにら》像に燈火《ともしび》ともす女人ありくらがりのうち仄明りくる

松明を回し揺すぶりこぼれたる火屑《ほくづ》夜空に高くちりばふ

たいまつの長き竹竿をかつぎゆく法被の男　僧随へて

奈良町にみたらし団子を頬ばりて妻も年寄るよき媼なり

もちいどの商店街の角にゐるふくろふ腕に乗せたる少女

春の日の古都の古書店の奥深く『大和六百歌』やうやく手に取る

雨天曇天

みなづきの　青葉の闇に　ひそみ鳴く　谷蟇《たにぐく》の声　げげろげろ
雨夜にこもる。谷蟇の　こゑの響きは　現《うつ》し世の　不穏を伝ふ。
田に苗の　育つころなり　鳴嚢《めいなう》を　ふくらませ鳴く。ときも時
官《つかさ》びとらの　虚偽誣謗《ふばう》、重ねて　大臣《おほおみ》おとどの　更なる虚言。
朝にうそ、夕べにもうそ、人間の　業《ごふ》とし言へば、いくらかは
心寛《ひろ》らに　肯ふものを　いかさまに　思ほしめせか、しらばつ

くれむ。そのざまの　あさましければ、結託の　ねもころなれ
ば、もち鳥の　かからはしけれ　その罪を問ふ。一蓮托生の　悔
いもしあらば　谷蟇の　さ渡る窮み　まほろの国の　その曇天
に　つぐのふべしや

反歌

江ノ電の終点に坐す蛙《かはづ》どんけふは空晴れすこしく笑ふ
泰山木の大きな花が揺れてゐるみなづき六日はあやしき日なり

父のはらわた

湯けむりにわが半生を省りみる。あなあはれ老いはわれをさいなむ

晩年の腰を据ゑたる父の椅子にわれまた坐る老いづくわれが

窓の外に何をみてゐし父ならむときに苦虫つぶす顔して

父病みてながくやすらふ籐の椅子痩軀《そうく》衰ふれば座に窪みなし

籐椅子にのこぎりを入れ解体す。父のはらわたを挽き切るごとく

生きてあらば九十になる父ならむその青春を想へど見難し

子の知らぬ父の青春。あるときはのたうちまはる恋もあれかし

軍隊にかかはれざりし戦中派父の屈託捩ぢくれてゐる

ふりかざす太刀のゆくへを失ひし父の戦後の迷ひ苦しき

戦中派のわだかまりがからだをそこなふか還暦過ぎて癌を病む父

六十を一つ踰えしのみの父の命《いのち》。癌病み一年癌と告げ得ず

癌家系のわれは申し子癌病めど父よりすこし命を保つ

みちのくをとぼとぼとゆく僧形の九十翁《くじふをう》あらば父かも知れぬ

ふくべ地獄

酒に酔うていつのまにやらかたむけるわがからだなり路上に転がる

覗きこむふくべ地獄に陶然と酔うたるわれか老いがころがる

顚跌《てんてつ》の瞬時の記憶さだかならず路上に星なき空をみてゐる

老いたるかおとろへたるか転倒して頭《かうべ》十針を縫ふ隠さふべしや

へうたんの底の酔態へべれけに男のめがねと血のあと残す

悪性リンパ腫にかかはる診察終了す。

あつけなく診察終了を告げられて十三年が笑ひだすなり

病廊の窓より覗く曇り空こんな日ばかりだつたかこの十三年は

再々発の可能性を問ふに三パーセントくらゐと答ふ有無よく分からず
しかし、それからおよそ十年、三度目の悪性リンパ腫にかかるのだが

回廊を死のはうへ向く車椅子秋の日だまりにしばし動かず

『切腹の話　日本人はなぜハラを切るか』

さきくさの三島由紀夫の切腹に「惜しむべき錯誤」と千葉徳爾説く

法隆寺金堂屋根裏に千年の悪戯書《いたづらがき》あるたのしからずや

へうたんから駒出るところを想像しなにかうれしき秋風募るに

晩秋の記

わが住まふマンションの旁らをＪＲ相模線が走る楽しきものを

吃驚《びつくり》して幼きころの娘《こ》が走る電車の音する部屋に住めれば

秋立てば軌条に軋む電車の音かろやかになる踏切の音《ね》も

この線に橋本経由八王子へ二十年ながき時をかよひき

開ボタン押して乗り込む車輛には落ちぶれたる顔がけふもふりむく

車窓には鴫どち群るる冬の田のひろがるさきに大山ぞ立つ

段丘の傾斜をのぼりゆく電車群れ立つ鴫と並走したり

刈られゆく田を左車窓にすぎてゆく相武台下を発するあたり

庭くさの葉ばえ寂びたる晩秋《おそあき》のときにつめたき風あばれ立つ

1995年9月、もつとも親しき歌の友鈴木正博をくも膜下出血に失ふ。

木犀のかをりくる頃きみの亡き世のつまらなさをつくづくと思ふ

同年10月、わが歌にもつとも厳しき批評を述べてゐた倉田千代子を悪性リンパ腫に失ふ。

今の世のうたのゆくすゑを案ずるとき語り合ひたききみなぜ亡きか

翌年3月、鈴木の婚約者であった今泉重子《かさね》を自死に失ふ。

いつだらうオレのしつぽの失せたるは恋に死にせるきみ亡き後か

朝に鳴く鶏《とり》の声きかずなりしこと余儀なしとおもへど寂しかりにし

キッチンに米磨ぐ水の冷たきにおどろく冬はそこに来てゐる

いつもゆくパン屋の煙突のけむりの色しろく立ちのぼる秋去《い》ぬらしき

冬来

そろりそろり冬到るべし渡り来る鴨どち川の岸に群れたり

病後長く使つてゐたチャップリンタイプの樫の杖だが、今日から頼ることを已める。

ここにいま杖捨つるべし朱鷺色に雲暮れてゆくこの時にこそ

奇つ怪なるわが灰白質をかきまはし老いの怒りのたやすくはあらず

防災放送塔のてつぺんにカラス啼くこゑ不吉、不吉

あたらしき手帖をひらき一月の予定書き込む師走十日に

猫のあくび蛇《くちなは》の舌ひらめかす老いの体操まがまがしきよ

うまくさき匂ひたゆたふキッチンの妻に良寛のうたよきを説く

コンビニが殊更かがやく十二月クリスマス・ソング終夜《よすがら》聴こゆ

老いの性ときに漫然《すずろ》に女色欲るせむなきものに夜々を苦しむ

脳内に女色エロスを游ばせて夜の愉しみ益体《やくたい》もなし

公園のベンチに坐るホームレス雲をながめてわれかもしれず

記憶

こつそりと覗けばたばこの臭ひする幼きころの父の革鞄

この内には大人のひみつ玄関にどつしり立てる黒革鞄

腹中にあやしきものを潜ませてぢぢいなりせばうす汚きよ

冬の墓

北からの風がにはかに甚振《いたぶ》れり墓地の卒塔婆いつせいに鳴る

古樒《ふるしきみ》に枯れ供華《くげ》集め焚くけむり低くただよふ山の墓苑に

この冬も山から獣がくると云ふ「酒、生ぐさもの放置すべからず」

上空には墓処より人の去りゆくを待ちかねて鴉の二羽、三羽啼く

この墓には死者の霊など鎮まらず然《さ》あれ墓石の寂びたるはよし

芥川龍之介「年末の一日」

書くことの疲弊と房事の疲れとを等しきと語る作家の晩年

運慶展

博物館のうらの公孫樹の大木のもみぢ葉ふりやまず時すぎにけり

春が来る

九階のベランダに来るひよどりのむさくるしきは若き鳥なり

往還に人孔《マンホール》いくつも踏みきたり黄泉の国への招きのごとし

歩みゆくにマンホールの蓋におすい、おすい口吸ひ誘ふは罠かもしれず

こころどこか壊れてゐるか鬱悒に嚙むくちびるに滲む血の味

関節がにはかにゆるみだす気配こぶし、もくれんに白き花咲く

この冬のさいごのみかん。室爐《ストーブ》の火に熱《ほて》りつつ小房に分かつ

ウェディングドレスが脱げてゆくやうにことしの木蘭の花脱落す

破《わ》れ鏡の破片にうつる女の顔ゆめをみてゐる金髪乙女

耳飾りの歪み真珠のうらさびし夜の女が窓をみてゐる

そらまめの尻にしづかに刃を入れて春の夕ぐれあやふし心

近江春旅

曇り夜に旅じたくせむ春なれど寒さ残れば傘忘るまじ

クローゼットにコートを選ぶ妻のすがたつま先立ちてどこかはなやぐ

新しき春の外套《コート》を軀《み》にまとひたましひはすでに近江の空翥《と》ぶ

スーツケースを転がしてゆく旅立ちにさくらの枝には花一つ咲く

東国《あづま》にはいまだつばめの渡り来ず伊吹《いぶき》山を越せばつばめ来てゐる

近江にはつばめ飛びかふ卯月一日伊吹曇れば夜は雪となる

釈迦山百済《ひゃくさい》寺

参道の巨木の杉の葉に溜まる雨しづく降る傘が鳴りだす

三椏の黄の花をうつ春の雨百済寺の石の段くだり来つ

内陣の如意輪観世音思惟するに片膝立ちなり怡然としたり

高ぞらに鳶鳴くこゑののどかなり余呉の水べはいまだ寒きに

両岸の菜の花むらに雨ふるを余呉川のほとりに車を停《とど》む

上空に黒くも動きとつぜんの風来る雨降る湖北の春は

朝腹渋る。

織部好みの飯碗に少しの粥を盛り梅干し崩し喫するがよし

でっち羊羹の竹づつみひらく旅の夜妻とふたりに幾夜経にけり

井戸茶碗の深みによどむ茶の色のふかみどりけふのたましひの色

二泊三日の旅からもどるとさくらが散りはじめてゐた。

水流にさくら花びら散りやまずわが脳髄に狂気あるべし

酢漿草《かたばみ》

つむじ風知らぬ間にきて吹きあがるさくら花びら人体を巻く

枝ゆらし目白が花の木をわたる心揺すぶるその愛らしさ

旧暦二月十五日

今日はしも西行法師寂滅の日なれば雲を避《よ》けて月出づ

ある夕刻の品川駅

一日の業終へてもどる大量のダークスーツ駅に呑みこまれゆく

この駅より首都圏郊外の夜にかへり喉《のみど》うるほす安らぎやある

雨ふれば長靴はいて水たまりけとばしてゆく無用の人われ

夏つばきの若葉をたたく雨の音ひと死ねば怒りの声かとおもふ

混凝土《コンクリート》の塀ぎはに酢漿草《かたばみ》のちひさき花黄の色なれば歩み停めたり

かたばみの黄の花風に遊ばるるここにも小さき春の妖精

香附子《はますげ》

繁殖期の鳥どものこゑかしましく青葉若葉の木を跳びめぐる

嫩葉《どんえふ》のくすのきの枝に花あれば娘よ髻華《うず》に挿せその黒髪に

ことしも北信濃の春のいぶきを妻が伝へくる。

佐保姫はりんごの白き花咲かす北信濃の春の風のしらべに

佐保姫のをどりだす春の信濃のくに添付画像に妻は伝へ来《く》

さみどり色の川中島のあふれだす携帯電話《スマートフォン》の画像をひらく

荒蕪地の土にみどりの色あたらし香附子《はますげ》の繁り踏まむとしつつ

うまごやしの草阜《くさふ》に坐り唱へだす色不異空《しきふいくう》、空不異色《くうふいしき》

後朝《きぬぎぬ》の月にやあらし。西の山にくらげ色して浮かぶ半月

常よりも行き交ふ車の少なきに連休三日目の寺町をゆく

蕗の葉を傘にして遊ぶ子らにまじる老いの傘にも雨落ちてくる

夏帽子

楠若葉赤き葉むらにひとしきり風立てばわが夏帽子飛ぶ

照り白む槐《ゑんじゆ》の花のむらがりあり遠目に見つつ露地をさ迷ふ

行く先階ボタンの一つが点灯するあの世か地獄かわが死者が棲む

親しき者はあの世に多し。

あの世にもそろそろ夏の暑さ来む友よ生ビールでも飲もうではないか

こんな円満《まどか》に笑ふ自分の顔がある美容室の鏡の中のわたくし

空を飛び風にころがる麦藁帽子追うてもつれて老いは来てゐる

だんごむし

天皇をことほぐこゑに満ち充ちてこのくにあやふしとおもはざらめや

ざくろ一つもぎ盗《と》りこころ荒ぶるになんともしがたし老い人やわれ

ちひさいちひさい老婆老爺が手をつなぎ渋い顔してわが後をくる

だんごむしを蒐めまるめて子ら遊ぶその子らにまじりわれも虫捕る

昨日まで手をつなぎしが翌日《あくるひ》は老婆が車椅子押す老爺を積んで

つまらなき地口にぐふふと応じくるるけふのむすめの至極の笑顔

ものを喰ふわが醜さを窗《まど》にきて室内《やぬち》うかがふ鵯《ひよ》が視てゐる

病臥《やまひ》より立ち直りきていまのところ喜び悲しみまあ五分《とん》五分《とん》か

キッチンの蛇口のゆるみ夜の更けにへんてこりんな音の滴る

「髀子上《もものえもいはぬあたり》を摩挲《まさ》とする」『遊仙窟』にわがほくそ笑む

「ひまわり」

六十年を生きてなにせむあるときはエゴン・シーレの黒きひまはり

うつろ

悶々と夜をねむれず。けしからぬことの一つもおもはざらめや

「奈良大和四寺のみほとけ」

麦秋の大和への旅かなはざれば上野の森へ徒歩《かち》にて参る

いつのまにかまた三婆のこそこそ声もとの三婆かひとりが代るか

ゆきすぎて甘き匂ひにふりかへる三婆の背後《うしろ》の梔子の花

苔の上に昨夜《きそ》ふりやまぬ雨のなごり水滴いくつも朝の日に透く

一杯のビールに強張る表情の蕩けゆくべしむすめと酒場に

けふもまた因習、理不尽との戦ひに憊れしかむすめよ諦めてはならぬ

混凝土《コンクリート》と土瀝青《アスファルト》のすき間に根を延はするゐのころ草の穂に戯けたり

年ごとに老班の数ふえてゆくわが腕に抱く妻の胸乳《むなち》を

こころ処《ど》のどこかに深き穴がある巨樹くすのきの空洞《うつろ》を覗く

九階の窓にみおろす小さき森その森の木を挽き切る音す

壊さるる森の下草に分け入りてへくそかづらの花も見出でし

切り倒されし木のめぐりより蟬のこゑことし初めての油蟬鳴く

白馬にて

リビングに金亀子《こがねむし》一匹死ににけりその亡骸を野にかへしやる

息を継ぐ間もなくしきりに大粒の雨が打つはげしく松本城下に

草露にサンダル濡らし勇み立つ戦国武将のごと国見せり

山ふところの小さな宿りに旗立ててここそが幕府、いざ戦はむ

かなかなの鳴きしづまりし北信濃の山の宿りの灯ともし頃は

をちこちに蟬討死にす。いつのまにか天下分け目の合戦終る

颶風荒れたり

百日紅のくれなゐの花踏みにじる台風一過の路上乾かず

泥色の流れは上流のダムが放つ川の汚れなり颶風《ぐふう》あれたり

泥流のみぎはに佇むしらさぎ二羽しばし視てをり翼ひらくまで

むらさきの小さな花をみつけたり路地の一隅秋のひだまり

うつむきて便器に座るこのすがた思索してゐるか呆けてゐるか

みぎはには白鷺群れて脚浸す相模川中流域水青き色

漸く川の流れが青く澄む。

古きもの

郊野《のら》をゆく金目銀目に逢ひたくて夏草深き坂かけ下る

三婆《さんばば》のひとりがこの頃みえざるはとうに三途の川越えたるか

古きものを整理してゐる。

幼きころのむすめに作る人形の臥榻《ベッド》に塗りし赤櫨《あかはじ》の色

門燈のうすくらがりにへばりつく蛾の文様の妖し、奇つ怪

夜の寝床《とこ》に輾転反側をくりかへす老いのねむりのなやましきもの

古き世もよろしからむよエディット・ピアフのうたふ濁《だ》みたる声も

鏑木清方〈築地明石町〉の女の絵こよひ想へりこころひそかに

ややこしきすがたに育つ大木をわが祖の木とおもひ定めつ

風吹けば木に巧みあり吹く風の呼吸に合はす大枝小枝

けふの空にも龍のすがたの雲がゆく変幻自在は老いを誘《いざな》ふ

古き「寫眞」

成瀬有、その死から七年

十年を会はざりしかば晩年の風貌知らずその死肯《うべな》へず

乾反葉《ひそりば》を音立てて踏む重き靴とぶとり飛鳥を成瀬有あゆむ

山の辺の道をいくたびたどりしか後になり前になり戯るるごと

美男葛を帽子に挿頭《かざ》す男たち成瀬有がゐる昔のわれもまじりて

石上布留の社に神鶏のごときがをれば古き代ならむか

冬野より飛鳥へくだる山の道みな若かりき飛ぶやうに来る

石舞台の石のうへなる男らを撮る写真　背景にかすむ二上山《ふたかみ》

和紙を貼る箱には古き「寫眞」たち成瀬有がはにかむ一枚もある

上空は風あるらしき雲の流れこの世は少し荒れはじめたり

夜の更けにどぶろくを飲みさらに飲む胸の内どこか鬱勃として

山茶花の白きあまたの花咲けり木の下に降る白き葩《はなびら》

語尾にべえと付く土地ことばこの頃は聞かずなりにし寂しきものを

路上にはどんぐりの実の二つ、三つ拾ふものなくころがつてゐる

ビル解体工事現場に大量の水を撒く少時《しばし》虹たちにけり

年の暮れに万葉旅行の予定なくなにか物足りぬことしの終り

マンションの上空は鷺の往還路あしたには往きゆふべは還る

雨あがりの空を映せる水たまりさくら紅葉《もみぢ》の沈透《しづ》く色みゆ

ベランダにシャツ乾す妻の影映し師走の窓に日ざしあかるき

武蔵果たてさきたま平をとびたてる流されスワンいまいづこ行く

素志われにあり

天皇の代替りことほぐこゑごゑの嗟《ああ》その声に息苦しきよ

毒のごとくに体中めぐりわだかまるわが天皇よいまだ滅びず

なやましき課題の一つ天皇制解きがたければ幾度《たび》も問ふ

論理的結語はあれど言ひがたき情動心《うち》に棲まふがごとし

すめろきにいのち託する父ならむ昭和天皇の死の年に死す

＊

江戸城のなごりの門をあふぎ入り大嘗宮への坂を上る

板葺きの屋根の緩傾斜《なだり》に差すひかり木の香あたらしほのかに匂ふ

ここにして天皇霊を受け継ぐか空想するに秋空高し

悠紀《ゆき》・主基《すき》殿の内陣に敷く真床覆衾《まとこおぶすま》寝床の美称異しからぬか

紅葉《こうえふ》も黄のもみぢ葉も照り葉木も松の葉むらも秋の日の内

神失せし後の社の白けたる残滓とおもふに秋日にまぶし

江戸城の門の木組みに気圧《けお》されて砂利道粗きに足運びがたし

*

夜深きに回廊渡るかの人の木沓《きぐつ》の音をおもひみむとす

神を喚《よ》び醴酒《こさけ》を酌むか内陣のうちなる人に笑みこそあれかし

御告文の低き声音に夜の更けて受け継がれゆくか霊のごときが

火明りに照らされて歩むかの人よどこか疲弊の色をまとへり

*

天皇制解消をねがふわれもまじり大嘗宮への見学者の列

ヘリコプターの一機がわれを捉へしか高度わづかに降下する見ゆ

江戸城の本丸址の空ひろくヘリコプター二機が距離置きて飛ぶ

平川濠の深き水より飛びたてる鴨どり数羽そのゆくへ追ふ

二〇一九年十一月、役目を終へた大嘗宮が公開。私にとつては最後の機会。
公開初日の列に並ぶ。また折角の機会、上野の科学博物館のミイラ展にも回る。

木造りの大嘗宮を観てし後木乃伊をあばく展示みにゆく

福島の即身仏どこかかなしくて直視しがたし俯きて過ぐ

なんとなくはしやいでゐるか中学生しかばねなるぞ子どものミイラも

壮大なる錯誤とおもふ。天皇位を継ぐための儀式も即身仏も

永遠のいのちなどわれは望まざる死ねばあとかたもなきがよろしき

わらんべが古葉だまりを蹴り散らすごとくにわれの心も荒ぶ

上野の山の到る処《ところ》に散り積もる朽ち葉ここにもかなしみこもる

西郷南洲像よ、そこをどかぬか。

上野山の西郷銅像が抑え込む江戸の恨みを解放すべし

日本国憲法第一条には、「天皇は、日本国の象徴であり国民統合の象徴であつて、この地位は、主権の存する日本国民の総意に基づく」とある。しかし、その総意とやらは問はれたことがあるか。

この国の仕組みの変る日をおもふわれには重き萬歳のこゑ

ひびき渡る萬歳のこゑあまた度　嗟この国の滅びざりけり

大嘗会の御禊とののしるその日こそ京をまかりて初瀬へ向かふ
『更科日記』の作者親しき。

異国語にささやく声もきこえつつ東京駅丸の内口改札を通る

原敬《はらたかし》、浜口《はまぐち》雄幸《をさち》の暗殺の場所たしかめてその上に立つ

昭和維新を思ひしころの直心《ひたごころ》いまなほあるか老耄《おいぼれ》われに

戦はず負けたるごとき日々経つつ右足裏の傷み疼けり

大嘗祭の天皇の儀のむなしさをこころしておけいまの世の子ら

わがこころ波にたゆたふごとくにて奥処《おくが》よりくるこのさびしさは

父の持つ素志継がざりし疚しさのあればなほ問ふわが素志もある

靖国通り、ここにも虹を創る外国人労働者がゐる。

散水するホースを抱へ虹創る外国人労働者に笑顔ありけり

あの世にも四季あるか友よ寒き夜はぬる燗にして語り合ひたし

木犀の木の倒されて亡き友を偲ふ香りのことし来たらず

九階の窓に迫り来《く》。白鷺のゆつたり羽搏き空ゆくすがた

正倉院展（東京国立博物館）

蘭奢待　明治天皇の切り幅の大きければおもふ苦悩ふかきを

ユリノキの巨木のもみぢ葉を落とし冬木に変るその木またよし

螺鈿紫檀五弦琵琶《らでんしたんごげんのびは》を弾じたる唐ひとよ望郷の音色さびしき

わが住むマンションの前の物流倉庫が解体される。

ショベルカーが解体現場に猛々し白亜紀の恐龍の暴るるがごと

恐龍が怒りてゐるかショベルカーの鉄爪コンクリート壁を破壊してゆく

二日目のカレーの香り。朝早き食卓あわただしく妻が行くむすめが来る

もう少し早く起きればよきものを化粧して身づくろひして分秒争ふ

七時前後はエレヴェーターの奪ひあひ七階、六階に強敵がゐる

セーターを脱ぐときメガネがともに落ちさがしあぐねて老いはとまどふ

玄関ロビーを出づればこまかき冬の雨透明傘をひらきてたのし

故郷と呼ぶ雲烟万里を想ひみる地を持たざれば時にさびしく

藤圭子は一関市の出身である。

みちのくの藤圭子のこゑに揺すぶられわれに東北魂宿る

スナックのミラーボールのひかり浴びこよひは歌ふ面影平野

みやびに遠く

われすでに昔をとことなりにけり昭和演歌に涙ごゑなり

福豆

むくつけきひよどり二羽のあばれ鳥冬の中庭《パティオ》に悪声ひびく

顎《あぎと》まで布団引き上ぐるこの寒さ羆《ひぐま》にならひ冬ごもりゐむ

春の夜やミイラのミニチュアもてあそぶ

いつか来る人類の滅びを妄想し寝ころんでゐる春の夕べは

鬼の面かぶりて隠るクローゼット声すれど豆はわれに及ばず

福豆をことし還暦の妻が撒くおそろしおそろし隠ろふべしや

瓦斯の火の青き炎に暖をとるさびしき夜を母は語らず

友

武蔵から相模へ川を越えてくる旧友ひとりモナカを提げて
喫茶店にコーヒー片手に語り合ふ友もわたしも老者《らうさ》の仲間

うたのことを語りあふべき友の数片手に足るか多くはあらず

読みすすむ歌集の良さを論じあふ友なくば寂し。皆若く去《い》ぬ

窓の外の梅の木に跳ぶ目白みゆ二羽が小さく花揺らしをり

二〇二〇年二月十八日、古井由吉歿。享年八十二。

新聞に作家の訃報　あたらしきことばの可能性の一つが亡ぶ

あたらしき小説を読む愉楽ある作家またひとり現《うつ》し世《よ》を去る

丑三つにねむれぬ老いのさびしさを妻には告げずただひとり堪ふ

眠り浅くまた夢をみるその夢の恍惚をこそたのしむべけれ

雑草時

木のもとを離れて赤き落椿。みだりがはしく花裏がへる

月に叢雲　天狗参上の気配あり。京都祇園の夜明りをゆく

春の街、新型ウィルスに躁々し

足もとに西洋タンポポの花の色ここにも春の風がきてゐる

歩道の罅に這ひだしてくる爪草に酢漿草《かたばみ》、すみれ草《ぐさ》。雑草時《あらくさどき》なり

辛夷咲くマスク姿に囲まれて

この中に口裂け女がひとりゐる。否、全員か続々と来る

あけぼのの杉の冬木の枝に四十雀羽ぶき相呼び楽しげに鳴く

世の隅にからうじて老いの居処《きよしよ》を得て繭ごもりせむか『老子』などひらき

朝なさなあけぼのの杉の木の下に春の芽さぐる髭男われ

湯河原閑歩

鶯の稚きこゑをときをりをり耳にとめつつ町を閑歩す

昨日《きそ》の雨に川の激《たぎ》ちの音高く花いかだまた石走《いはばし》りゆく

あしがりの土肥のかふちの湯に沈み眼鏡の曇りにほのぼのとして

枝揺すり花びらちらすひよどりの去来を許すさくらの古木

さくら花のあつかひ上手はすずめなり嘴《はし》に花摘み蜜吸ひて棄つ

春あらしおだやかならねば海原は白波立てり舟ひとつなし

真鶴岬

半島の照り葉の繁り深き森に雨、水しづくしとど傘打つ

雨の日の寒き岬の森に入り木々ざわりざわり異界がひらく

地母神は公孫樹の古木　垂乳根の母なる気根いくつも垂らす

巨樹多き湯河原の町　八百年の公孫樹、柏槇、くすのきが立つ

頼朝もこの木の幹に手を触れし楠の大木曇天を衝く

成願寺の千年のいのち柏槇の天にひろがる姿《なり》いびつなり

福泉寺釈迦頭

陶製の巨大釈迦頭《がしら》を祀りたる寺への石段急なる傾斜

釈迦頭の目のかたちどことなく父に似る親しみはあれど異形の化け物

きび餅のきな粉をこぼし湯河原の旅をふりかへる妻と笑みつつ

瘴癘

さくら花散り落ちて枝は葉に替るその時の間を瘴癘逸る

かたはらに死の谷　あやふき道行きに蹌踉として安からざりき

ときの疫《え》を逃るすべなし人類の滅びに到る病《やまひ》か知れず

四十雀高鳴く木々のしづかなり此処もウィルス領か人の影なし

ウィルス領のしるしに地図に塗られゆく赤き色ひろがる凶々しきよ

ウィルス領土拡大してゆく日々にしてつつじ咲きだす蝶、蜂がくる

塞神の石の柱に祈りをるマスク三婆ことばかはさず

五月の空

白うさぎの毛並み思はす雲のあと従《つ》いてゆきたし五月の空へ

たんぽぽの絮毛いくつも飛ぶところ目にみえぬものに怯え楽しまず

信号は赤き点滅をくりかへす夜の鼓動にふれたるごとし

三婆の一人みえぬはこの冬に死にたるものかさびしげにみゆ

駐車場スペースを鴨がかけぬける春のうれしき風景である

恍惚《うつとり》と庇合《ひあはひ》仰ぐ眼のさきに蜘蛛の糸ひかる青き空あり

リビングのそれぞれの位置に座を占めて在宅勤務の妻と娘《こ》がゐる

菜の花のむらがるところ新しきロードサイクルにかけぬけてゆく

わが心根

――「痛みは時に、人に生きている実感を与えるものである。」

（堂場瞬一『血烙』）

もやしの根をちぎりて捨つるたのしさは語りたくなしひとりほころぶ

金目鯛のめだまの周《めぐ》りのゼラチン質とろけるごとし酒またちびり

人工のひかりとおもへど身に沁みて親しきものよ夜のローソン

ざくろの韓紅《からくれなゐ》の花のいろ人喰ひたるかあざやぐ一花《いちげ》

風のなかをpubic hairなびかせて夏のをみなよそこにとどまれ

どくだみの十字の白き葉のいろの清らなりけり過ぎきておもふ

むらぎものわが心根をひきずりだす腐臭を放つ面妖の塊

なやましき性にかかはる妄想の夢に惑ふてせむかたもなし

ゑんじゆの花ちり落ちてただ白き地に妻とたたずむ一つの傘に

六十四歳

夕かげりくる六時半ごろに私はこの世に生まれたらしい。

さてどんな日であつたらう一九五六年五月晦日《みそか》は

曇り日も梅の実太る。やるせなきおもひに落ち梅を蹴とばしてゐる

窓の外をラクダの通るけはいする夢とはおもへどけだもの臭き

突然の雨

降りだしはワルツの調べすぐさまにオペラのアリア激しく叩く

あくがるるたましひ空にうつろへば春から夏へ時もうつろふ

こころ処《ど》に悒鬱《いふうつ》あればけさの空青きまほらもたのしまずをり

恋ふれども老いの不如意にままならず畳の室にあぐらゐるなり

琥珀色の夕焼けどきはベランダにロックグラスの氷を鳴らす

いつのまにか心もからだも溶けてゐる昨日もけふも明日もふる雨

妻、還暦

パプリカにトマト、まぐろのさしみなど赤きをそろへ妻の還暦

数日の雨に水嵩を増す川の泥のやうなる流れ見て過ぐ

山鳩のこゑのさびしく妻の齢《とし》六十になるけふの朝空

自粛中ただ怠けたる時すぎて妻還暦なりわれもまた老ゆ

ハツ子いのち

2020年11月9日（月）、自宅にて昏倒。救急搬送さる。

瞬間に洞《ほら》に堕ちたる感覚の恐怖言ひがたし洞不全症候群

後頭部に痛み残れば数秒前床に倒れしか記憶にあらず

瞬きの間に視野晦くその後のしばし判らずやにはに明るむ

病院のおしきせパジャマに着替へればわれも慥かに病むひとりなり

横たはり上ばかり見てゐる一日に倦怠あればさうさうに寝む

11月11日（水）、心臓ペースメーカー植込み手術。

心臓モニターを首から提げて病廊をわたる姿は隠者のごときか

風に削られ雨に侵され生きてゐる心臓ペースメーカーを身の裡にして

晩秋のよろしき景色日々つづく窓に稲刈るコンバイン見ゆ

局所麻酔に肉裂かれゆく感覚を厭ひつつ醒めをり手術終らず

うら若き看護師にさらすわが陽根《ペニス》貧弱なればかたぢろぐやうなり

心根のやさしき妻とおもふなり秋のあかるさを纏ひたたずむ

11月12日（木）

一日の飲水量を記録され心臓病患者イチノセキタダヒト

オホナムヂの復活を想へ根の国の葦原醜男《あしはらしこを》のごときかわれは

11月13日（金）

看護師が診察に使ふカートの音ちかづけば病室にも朝がはじまる

穢らはしき悪相がいまのわたくしかマスクを外し鏡に覗く

病院の窓からは濃き紅にもみぢする欅と黄褐色にもみぢする欅が見えて、そのむかふには刈り入れを終へた田がひろがる。晩秋の相模の国である。

紅《くれなゐ》のけやきもみぢを窓に見てリハビリテーション自転車を漕ぐ

晩秋の空合けふも穏しくて江島に遊ぶ友どちおもふ

この世からゐなくなつても忘るるな愚かなる父の愚かなる人生

死の時を想へばおほよそはむなしくて寂しくてならぬこよひ殊更

黄褐色の欅落ち葉の数かぞへさねさしさがむは夕暮れてゆく

11月14日（土）

けさもまたよき一日のはじまりか朝のひかりのおだやかにして

この病も天の命ずるものなるか耳順過ぐれば従ふよりなし

病院の検査の合間に読みすすむ宮城谷昌光『孔丘』遅々たり

11月15日（日）　心臓ペースメーカーにハツ子と命名す。
勿論焼き鳥のハツ、心臓である。わがハツ子よ、やさしくあれ。

心臓ペースメーカーに名をつける長くつれそふ相棒なれば

わがいのちを握るハツ子よ胸もとの違和こそおもへわがいのちなり

11月16日（月）

三階の高さにとどく欅もみぢいのちの色なりその濃紅色

刻々に葉を落としゆくけやきの木手を伸ばせども触れ得ざりしも

カーテンをめぐらし繭のごとき夜はグレゴール・ザムザか寝返りをうつ

晩秋のもつともよき日の幾日かを病室暮らしせつなきものを

刻一刻気分の変はる病室暮らし舞台劇のごとし暗転、明転

11月17日（火）

さつきまでカーテンに止まりし秋の蚊のあはれいづくに滅びたりしか

11月18日（水）　みつまた忌

みつまたの花咲く頃かわれはまた病みて臥しをり彼の日のごとく

わが親よりさづかりしこの身体髪膚《しんたいはつぷ》またも害なふ慚愧、ざんき

胸躍る、は楽しさならずむらぎものいのち育む臓器壊れたり

11月19日（木）退院

十日ほど黄泉戸喫《よもつへぐひ》に過ごせしかこの世のにうめんすこぶる美味《うま》し

うすら陽に仰げば小さき雨粒にメガネのレンズ濡れて潤ふ

マスクにても強き花香にふり返る柊白き花著けてをり

若き歌人たち、といふより若者に存在の生き苦しさがあるやうに、
初老病歌人にも苦しみがある。

古びたる五輪塔に常よりも深く礼《ゐや》するけふ帰り来て

わが胸を熱く流るるあかね色とどまるな、滞るなまだ生きてゐる

この数日散歩するたび立ちどまる山茶花けさは白き花咲く

赤きポスト

11月23日（月） 新嘗祭

鯖雲の毀《なだ》れて蒼き秋の空ゆるゆる行かむ赤きポストへ

碧空に鳶のひとところゐ——。見返れば背後をたかく旋回したり

11月26日（木）　退院後初の相模川

秋の水に孤舟をうかべ昼寝《ひるい》する隠士《いんじ》をきどる老いぼれわれが

「浪人の肩とがりけり秋の暮」この世の外へ傷だらけなり

＊上の句は眠狂四郎作句　柴田錬三郎『眠狂四郎無頼控』

『無頼控』美保代の章を読み終へてわが目がしらに滲むものあり

丘の上の櫨《はじ》の根かたの墓三基狂四郎が泣く時もありけむ

諏訪社

晩秋の路地をめぐりてたどりつく小さき社に日差しあかるき

古社の隅の五輪塔も古びたりかがみて拝す誰がたましづめ

11月30日（月）

時を定め日々の散歩に秋の穹《そら》ただ蒼ければ飛び去りたきを

くれなゐのさくら落葉の堆積を踏み蹴散らしてこころを晴らす

胸のペースメーカーにはまだ違和感がある。

ペースメーカー埋めたる左胸をはり町奴然として歩むなり

ポストを経てさがみ川までがけふの散歩友への手紙あすにはとどく

12月1日（火）

橋梁の影くきやかなる河原にわらんべあそぶ影ふみあそぶ

影に入り影より出でてはしやぐ子ら冬のひかりをまとふ童女《をとめ》ら

初　昔

湯に浸り熱帯に泳ぐ魚となる茫洋ばうやう心地よきかな

海原の暮れゆくときのしづけさに山の端を越す鳥の群れあり

根府川の山のみかんの木にちかくめぐりきて啼く鳶二羽のこゑ

初島の灯台を回るひかりあり妻とふたりの時間《とき》惜しみつつ

黒から青へ、やがてひかりのきらめきに伊豆のうなばら明けてゆくなり

大津絵の瓢箪鯰に猿がゐるふしぎを案ずるに年の夜の鐘

初昔おもへどすでに模糊として老いたるかなや嚔《くさめ》してゐる

東京招魂社

たんぽぽの穂絮跳ばしてたのしきに西洋たんぽぽ春の花なり

脳内にこたびはわづかの出血あり死を怖れてからうろたへてゐる

すこしづつ毀れてゆくか春彼岸崩壊感覚をときに覚ゆ

木蘭の純白の花咲きにけり春の雨ふる庭に咲きをり

なむあみだぶつ来迎をねがふ春の寺欅一樹を荘厳《しやうごん》したり

六十を越したるころよりわが顔のゆがみはじまる依怙地貌なり

春彼岸あみだ如来を思ふなり来迎雲の金色《こんじき》のいろ

CTに写されてゐる脳内にややこしきことあり油断はならず

江島にくらげの浮沈をみてしよりわが肉体に動揺がある

招魂社の春のさくらの心寂《うらさび》ししんしんとさくらしんしんと降る

わが日本近代史

「記憶するだけではいけないのだらう。思ひださなくてはいけないのだらう。／上手に思ひ出すことは非常に難かしい。」（小林秀雄「無常といふ事」）

維新前夜

幕末の小暗き闇をたどりゆく一介のテロリストわれかも知れず

会津落城（一八六八年）

鶴ヶ城にこもり斃れし会津兵――。叶ふものなれば同期《シンクロ》すべし

神仏分離令（一八六八年）

廃仏毀釈にただちに従ふ民にして頭部欠けたる六地蔵立てり

戊辰戦争（一八六八～六九年）

八千余の人を殺してこの国の近代の初発《はじめ》血塗られたりき

神風連の乱（一八七六年）

神風連の悲報を知りて涙する。駈けつけるには時すぎにけり

西南戦争（一八七七年）

西郷は好まざれどもかごしまに死するときけばさびしきものを

最後の斬首刑（一八七八年）

高橋お伝の首を斬り落とすに山田浅右衛門吉亮《よしふさ》しくじる

淫婦の局部標本として保存されし高橋お伝死後またあはれ

最後の仇討（一八八〇年）

臼井六郎がこと丹念に記録せし森鷗外は親しきものを

足尾鉱毒事件　田中正造直訴（一九〇一年）

鉱毒がもたらす足尾の惨状に田中正造怒りもてりけり

*

坂の上の一朶の雲をめざしたる明治の時世《ときよ》錯誤にあらずや

大いなる錯誤の時代天皇に恋の歌少なし愚かなりけり

神社合祀（一九〇六年〜）

南方熊楠の声きかざればこの国の社叢《もり》・原生林多くが消えつ

小社なれば大なる神社に合祀さる理不尽この上もなし熊楠怒る

大逆事件（一九一〇年）

連座して死にする大石誠之助わが愛すべき紀ノ国びとなり

乃木希典殉死（一九一二年）

砲鳴れば乃木大将夫妻殉死せり明治の精神ここに滅ぶ

水平社宣言（一九二二年）
「Let there be warmth in human society, let there be light in all human beings」

人の世に熱あるか、人間に光あるか反復《くりかへ》し問ふ怒りをこめて

関東大震災（一九二三年）

あゝ九月一日の碑の古びたり相模川を背に落日に照る

権力に抗して死せる金子文子その心根のあつぱれなりき

たびたびに厄災起こる列島の狭きところに住み暮らしけり

「砂けぶり」

危難に瀕しこの国びとの荒みこそ厳しく問へり釈迢空は

二・二六事件（一九三六年）

『獄中手記』に天皇を叱る磯部浅一悪鬼となりて所思遂ぐるべし

阿部定事件（一九三六年）

阿部定の隣に写る土方巽かしこまりたる寫眞ありたり

敗戦　大東塾十四士自刃（一九四五年）　代々木公園内に碑がある。

こんとんはひらけたるや自刃せる十四のたましひ鮮烈なりき

大東塾十四士自刃の碑のめぐり幼な児遊ぶ枯れ葉を拾ひ

日本社会党党首浅沼稲次郎刺殺（一九六〇年）

明治神宮の芝はらにながく寝ころんで山口二矢《おとや》立ちあがりたり

三島事件（一九七〇年）

戦中派父の愁ひの深くしてその夜の酒の憹《くら》さ忘れず

森田必勝死をまへにしてふりおろす関の孫六の逡巡をおもふ

三島由紀夫が予期したとほりの世になりしこんなところがほどほどの国

昭和天皇死去（一九八九年）

昭和天皇死すとの報に癌を病む父のおとろへすみやかなりき

永山則夫刑死（一九九七年）

網走のうみに撒かれし骨のかけら永山則夫の怒り解《ほど》けず

アメリカ同時多発テロ（二〇〇一年）

旅客機が呑みこまれゆく高層ビル死者数千の墓標崩壊《くづ》ほる

東日本大震災（二〇一一年）

とつぜんに地がゆさゆさと揺れだしたる大地震《おほなゐ》の日の怯えまた来る

大道寺将司獄死（二〇一七年）

木菟の啼けば病臭に噎せにけり大道寺将司獄中に死す

麻原彰晃（松本智津夫）刑死（二〇一八年）

さばへなす悪霊のごと世を侵す麻原彰晃わが同世代

＊

明治維新のひづみに敗戦のゆがみ重ねこの国はぐくむ力衰ふ

秋彼岸

月天心老い呆けゆくこの時を少しく愉しめ肝あたためて

ほぼ酒を飲まず半年ほどになるテレビの漫才可笑しくもなし

ペースメーカー・ハツ子のおかげで生きてゐるわづかの酒を舌になめづる

中野重治『五勺の酒』

天皇制に疑義あれば『五勺の酒』を読む憎むにあらねばわれもまた酔ふ

巷にはポプラの葉仄かに色づきてわれに新しき恋めざめぬか

老いぼれが焼く痩せ秋刀魚グリルより匂ひと魚の焦げる音する

亡き友を念ずるにこの秋彼岸われにのみでいい声を反せよ

夕焼けの妖しき日にはふくべの酒小さきさかづきにちびりちびり

わづかなる酒にすつかり悦べるいのちなり老いも捨てがたきもの

ひとごゑのさざなみめける秋彼岸　森澄雄

わが胸の澱《をど》みをゆらす死者のこゑさざなみなしてけふは親しく

三島・沼津

クレマチスの丘に何本かの楠の大木がある。

陽のひかり透くる葉、濃き葉、たゆたふ葉楠《くす》の古木は天蓋をなす

楠の葉の色枯れて一葉、またひと葉　揺らぎ散り落つ――。愛鷹山麓

廻る枝、天突く枝が交差して、なほ幹ま直ぐなり。この怪奇木
金の葉を落とす公孫樹のかがやける不二の裾野は、秋風に鳴る
風に吹かれ公孫樹黄葉《もみぢ》の散りかかるうたた寂しき時過ぎにけり

吊り橋をゆらしてはしやぐ子らのこゑ秋水ほそき流れの上に

ヴァンジ彫刻庭園美術館

四体の彫像が立つ曲がり径たたずむ妻も彫刻の一つ

枯れ落葉乾ける紅葉《もみぢ》靴底に踏みしめて楽し――。土の階《きざはし》

木の椅子の曲線《カーブ》にわが軀《み》を預けつつ呆けてをれば白雲うごく

ベルナール・ビュフェ美術館

貧弱なるペニスを曝す自画像の輪郭線ビュフェの粗き黒線《ブラック》

ホテルの屋上に露天湯がある。

屋上の露天にさらすわがふぐりくつろぎたるがぶらりぶらり

大井浩一『大岡信——架橋する詩人』を読む。

この町にいのちひた燃ゆとうたひたる少年大岡信、若き恋燃ゆ

おもしろやどの橋からも秋の不二　子規

面白き水湧く町や妻とゆく速き流れは川藻を揺らす

湧水の川藻のみどりに鴨どちの游ぶがごとし二羽、三羽潜《くく》る

たまさかに富嶽の巫女の降臨あり乗り合ひバスにさつさうとして

不二山のすそ野を走る電車にて駿河から相模へ国境《くにざかひ》越す

どんみりと樗や雨の花曇り　芭蕉

筋斗雲にとび乗つて富士山山頂へそのスピードを堪能すべし

裾野より立ち上がり大いなる富士の形《なり》白雲まとふて夏の山容

御殿場線の窓に来てゐる秋あかね駿河小山の駅に停車す

人生の凋落軌道後半戦たのしきろかも寂しきろかも

裾野原飾るすすきの穂のひかり黄金《きん》のあかるさ滅びの色か

妻と二人、近場の小さな旅。こんな旅が妙に楽しい。

雪浄土

古へもかくやありけむ新しき年に雪ふる浄土のごとく

あけぼのの杉の冬木にもふる淡雪に心うるほふこころやすらぐ

われもまた無明《むみやう》のひとり厄災に滅ぶる多くの死者を弔ふ

天地《あめつち》のあはひにしばし雪ふればここは浄土なり雪白くふる

家族《うから》四人《よたり》ことしは喪中に春迎ふ寂しさ半分うれしさ半分

喪中ゆゑ白菊の花を飾り置く昭和九十七年の春

住み古りて三十年の年《とし》はじめ朱塗りの椀に餅《もちひ》を二つ

古きよき言霊《ことだま》を胸にあたためて瞑目したりつごもりの夜は

常闇《とこやみ》の国あればこそ雪の色七変化すれ往《い》にし世のごと

ひよどりは椿の木にも拠り騒く木《こ》の間《ま》立ち潜《く》きがさりごそり

古代歌謡

往《い》にし世の歌謡にからだ蕩けゆく滅ぶるまでのしばしの愉楽

『催馬楽《さいばら》』の調べに遊ぶむつきなり。くぼの名　つらたり　けふくなう　たもろ

少しづつこの臓腑《むらぎも》の熔けてゆく感覚あれば春月おぼろ

関節のこはばり解《ほど》く春がくる　あちめ　お々々々　白き梅咲く

帯解に下車すればまんまる春の月――。安西冬衛の詩集ひもどく

老いわれのうすらわらひを指さしてきびわいいなぁ童女《わらんべ》ぼそり

脳内の血の塊が悪さする指の痺れに手を組み合はす

七重の塔の礎石のうへに坐し滅びのときを想ひみむとす

雲中に異物のごときひかりあり曖昧《おぼろげ》にしてあやしきひかり

なよや、はれ太古のしぐさともなひて催馬楽奏すいにしへ人よ

わが心の共鳴板に響きくる　阿波礼《あつぱれ》　阿那多能志《あなたのし》　阿那佐夜憩《あなさやけ》　飫憩《をけ》

六日のあやめ

夜にひとり六日のあやめの湯に浸かりうつしみはただただよふごとし

銃撃のひびく街なかひと群れのスミレの花咲く道ありて観つ　前田芳子

ボロディヤンカの廃墟の猫を救出する映像は観ついのちの猫を

戦争は廊下の奥に立つてゐて惨たる戦争態の来たらむ

「戦争が廊下の奥に立つてゐた」は渡辺白泉、「惨たる戦争態」は宮柊二に借りる。

遠くゐるむすこを呼びて寧楽の酒「春鹿」を酌む惨語りつつ

てのひらにレモン一顆をのせてみる烏克蘭《ウクライナ》に殺さるるいのちを計る

春の葉の紅要黐《べにかなめもち》の赤き色もつと怒れよまつ赤に燃えて

はつなつの若きみどりに溺れたしうつつはかくも理不尽なれば

金芝河が死んだ。また一つ人類の抵抗体が失れた。

金芝河《キムジハ》よ　いまこそ抵抗の秋《とき》なるにあの世から送れたましひの詩を

朝蜘蛛をつぶしてしまつた。

空也上人の口より出づる六体のほとけよわれを赦したまへな

キッチンの床にころがる南瓜、胡瓜　深夜の宴《うたげ》に踊りはじめる

堆《うづたか》く薺《なづな》の花の咲くところ坐して目つむり息ふかく吸ふ

あけぼのの杉を西から照らす夕日なり浄土のあかるさ葉むらをつつむ

あとがき

この「あとがき」を書いている時点で、私は三度目の悪性リンパ腫の治療中である。この歌集に、再発時の治療から解放された時の歌が収めてある。そこに三度目のことを注記したが、当時の主治医からは再々発は三パーセントくらいだろうと言われていた。

その三パーセントが二〇二三年の四月にやってきた。入退院を繰り返し、今までの中でもっとも苛酷な病状であり、脳内、身体にダメージを受けた。およそ七カ月、今は薬や訪問介護、そして妻に支えられ、ほぼ日常に復してきている。しかし、会話や歩行に不具合が残り、歌会や会合には、いまだ出られない。さて、いつ戻れるものなのか。老いも圧倒的な勢いで迫ってくる。

ただ、この歌集は、現在の私を想定していない時期のものである。二〇二三年までの歌が、ほぼ年代順だが、時折ランダムにもなって収録されている。少しばかり病気を怖れながら、心臓ペースメーカーにお世話になることもあり、そして半分は、楽観的に暮らしていた頃の歌である。私なりの天皇制や日本の近代への思いも歌にした。

歌集の題であるが、生きていることに疚しさのような感じがあり、この間の空は曇天であったような日々であった。「さねさし」は、もちろん相模の枕詞、相模は今の神奈川県の旧国名である。その「さねさし相模」に五十年余住み暮らしてきた。そう遠くない厚木市の小野には、ヤマトタケルの伝説が伝わる。

短歌は、私に、ある自由を与えてくれた。今までの歌集に比べると、ずいぶん自由になっていると感じている。ほんとうはもっと自由に軽やかになってほしいところだが、これがこの歌集の時期の私である。どう読んでもらえるのかたのしみである。

ちなみに四月二十二日は、父の死んだ日である。生きていたら今年九十六。六十一で亡くなったので、それから三十五年になる。

歌集の一切は、『成瀬有全歌集』を出していただき、お世話になった砂子屋書房の田村雅之さんにお願いした。倉本修さんの装本も楽しみである。

二〇二四年四月二十二日

一ノ関忠人

歌集　さねさし曇天

二〇二四年六月三〇日初版発行

著　者　一ノ関忠人
神奈川県海老名市河原口四－一－三－九〇六（〒二四三－〇四三三）

発行者　田村雅之

発行所　砂子屋書房
東京都千代田区内神田三－四－七（〒一〇一－〇〇四七）
電話　〇三－三二五六－四七〇八　振替　〇〇一三〇－二－九七六三一
URL　http://www.sunagoya.com

組　版　はあどわあく

印　刷　長野印刷商工株式会社

製　本　渋谷文泉閣